モイライの眼差し

武子和幸

土曜美術社出版販売

詩集　モイライの眼差し＊目次

ミノタウロス　6
鴉あるいは　10
耳　12
祭壇　18
明瞭な始まり　24
塔　28
暗闇から声が聞こえる　36
山鳥　40
スナップショット　44
中世の洗濯場にて　48
白い墓　54
アルレッキーノ　60
無花果　64

編上げ靴　66
蟾蜍　70
蟷螂　74
足踏み糸鋸　78
夕闇　82
君が姿を現すのは　86
モイライの眼差し　90
石段　96
断崖—禄剛崎にて　100
窓　104
天秤座　108

あとがき　112

カバー絵／大山弘明「女神・モイライ」（鉛筆）

詩集

モイライの眼差し

ミノタウロス
―大山弘明氏の幻想絵画「迷宮」（油彩・テンペラ）に

冥暗の鏡にひっそりと現れる
存在しないミノタウロスよ
孤独の聖牛よ
お前の夢想しつつ凝視する*
静謐な眼の迷宮に幽閉されて
アテナイからの生け贄の私たちは
暗黒の冷たい夜をたち昇り
お前の明晰な一つの世界へと開かれていった
行き止まりの通路の角から

影だけを床に落とし
まばたきもせずこちらを見つめながら
見つめ返せば消えて行く存在ゆえに
私たちは深くお前を愛した
閉ざされていながらどこまでも開かれる
お前の眼差しに包まれて
明晰に夢見る窓だった
水平線はるかに
黒い帆の舟があらわれ
煙が地を這い
赤い糸を引く
野蛮な男が入りこんできて
暗い欲望の時間が流れ始めた
近づけば遠ざかり

遠ざかれば近づく
なだらかな迷宮の
精緻な測量を始めた

＊　バシュラール『夢想の詩学』（及川馥訳）より。

鴉あるいは

とにかくに
ユグノー貴族の末裔の言語学者が言うように
記号とそれが指示する対象との関係が
まったく恣意的なものだとすれば
俗説では魂や脳髄まで真っ黒で
殺伐たる風切羽をふるわせている鳥が
べつに鴉という名辞ではなく
アッティラと呼ばれていても
ベッドが深淵であっても
なんら奇矯なことではない

例の如く今朝も明晰な地平から
夥しいアッティラの群れが
黒雲のように湧き上がり
神の鞭がひゅうひゅう空を切るような
叫び声をあげて近づいてくるのを
窓辺の深淵から見る
凍った教会の尖塔の頂きから
数羽のアッティラが
嘴を刃のように光らせて
じっとこちらを見下ろしている
嵐の予感のする
恣意の送電線のうえに黒々ととまって
私たちの運命を冷静に計測している

耳

戦争はいまも続き　ひとの心のなかの月は寒い＊
ジョン・ベリマン「月と夜と人間」

耳に住まうひとの
風のように発する声だった
乾いた土地に
こだまとなって
聞こえてきたのは
回転翼の眠たげな音

迷彩服の男たちは

奇声を上げながら
岩陰に散らばる
硬直した死骸から
耳をそぎ落とした
統計学的処理がすむと
干からびた耳は
谷間に捨てられた

だから
耳の形をした谷には
呼んでも
こだまは返ってこない
石の
叫ぶ声も

風の割れる音も
聞こえない

途切れ途切れの砂あらしの映像ばかり
途切れ途切れに
全方向に際限もなく消えていく
聞こえない叫び
聞くのを放棄した
耳の中の赤い空
だれも住んでいない

ひとつ火燭して
黙りこくって
干からびた土地の

石の記憶を降りていくのだ
うつむいて

ほら
むこうの鉄製の扉を開けてごらん
うずたかく積まれた靴たちが
こもる体臭と沈黙の底から
剝げ落ちた漆喰の天井にむかって
いっせいに耳を欹てているよ
立ち昇る殺戮
足音

錆びたベッドのうえで
存在しないものたちが

そぎ落とされた耳に
唇を寄せて
囁きつづけているよ
まだ見ぬ子の顔にひろがる
微笑み
こだまの返らない空に
いつまでも囁きつづけているよ

＊『アメリカ現代詩101人集』（思潮社）。

祭壇

抑えた照明のせいで
パネルの写真は
容赦ない鳥の目にさらされた
小石だらけの河原のように見える
水が涸れているので
祭壇のようだ

ひとけがないのは
炎に包まれているから
幾筋も煙がしずかに立ち昇り

ゆるやかに曲がりくねって
昼のへりにまでとどいている

いまでは決して見られないのに
なぜわかるのだろう
かげろうでもなく
痛いほど透明になって
はてしない小石だらけの大地に

焼け焦げて脚を突っぱらせる雄羊

私の母は　くねくねのぼる黒い煙だった*1
真昼に読んだ詩の
終わりのない始まり

抹殺したのは
私たちだ
丘に柱を立てたのも　と
叫びつつ
すべてが深く沈黙している

あれは解析度の高い航空写真かもしれない
いかなる神の目なのだろう
すべてが消えうせていくのを
明晰に記録するのは
流れてゆくおびただしい影
おびただしい石
声

君たちが唯一自由になれるのは
あの高い煙突からだ[*2]
煙よ　上昇するなかれ
深く地を覆え

石に焦げついた影は言う
ヒステリイ・シンドロームの光は
闇の一変種だから
探せ　回転する光から逃れるすべを

二つの都市の抹消のおかげで
おびただしい都市が救われた
煙のような虚妄の論理がそこから曲がる

全天にみつる光を浴びて
一瞬黒く反転する羊の群れを
想像力の
眼球の祭壇に焼きつけよ
蒸発した目にかわって

＊1　チャールズ・シミック『世界は終わらない』（柴田元幸訳）。
＊2　強制収容所に入れられる人びとに投げかけられた言葉だという。

明瞭な始まり

夕暮れの街角で
雷撃で沈没した輸送船と
運命を共にしたはずの従兄にばったり出会った
やあ　元気かい　君は相変わらず少年のままか
と言ったきり黙って彼は先を歩いた
会計帳簿を抱えて渦に呑み込まれたと聞いたが　と尋ねると
それには答えず〈建物を支えている真ん中の二本を探りあて、一方に右手を、
他方に左手をつけて柱にもたれかかった。そこで…力を込めて押した。
建物は領主たちだけでなく、そこにいたすべての民の上に崩れ落ちた。〉と
担任の老教師から貰ったという旧約のどこかの章を口ずさんだ

しばらく沈黙したあと
暗闇で世界も民も底が抜けてしまってね
信じるのはただそれだけの事実だと呟いた

それから前と後ろで遠い故郷の話をした
森の奥で冷たい鉄の罠に掛かった巨大な黒い猪が
牙を剝き　荒い息を吐きながら
瘤だらけの樫の根元に体当たりしている音が聞こえたとか
ゆさゆさと樹が反転し　土を抱えた根が天に突き刺さるたびに
小さな人間たちが頂きの地獄に転げ落ち
さきの方にしがみついて大地に引き戻そうとしても
手に負えなくて今も真っ逆さまなことを

やがて狂気の時代が

静かな狂気の中に沈んでいって
夕暮れの街角で彼に会うこともなくなり
思い立って教えられた住所に出かけて行くと
溺死した従兄はどことなくネズミのような悲しい目をしていた
名もない幾多の海戦で
かろうじて地獄から逃れてもこのざまだと
暗闇の中で一瞬苦く笑った
あとは見向きもしないで
傾いていく日々の鴨居の上を
ひたすらバランスを取って
駆けあがろうとしては
すべり落ちる日課を繰り返している
ぼくたちの生の状況もさほど変わりはない
古井戸に墜ちていきながら

底に光る空に這い上っていくといった感じ
いつでも明瞭な始まりだ

塔

夕暮れの車窓から
遠く家々の屋根の向こうに
角ぐみ始めたような
鉄骨の構造物を見ていた
それは日が経つにつれて次第に高くなり
バベルの未完成の塔の形をなしていった

やがて太平洋の海底の裂け目が
突然ずれ動いて
三陸地方から首都圏の大地を

激しく揺り動かした
真っ黒な海が押し寄せ
人々を呑み込み
海沿いの原子力発電所が爆発して
理性の建屋を吹き飛ばしても
誰も放射性物質を
呼吸しているのかどうかも分からず
中世の天球図の同心円でもって
災厄の訪れる方位が
日々報道されるのを見ていた
そうだあの天球層の中心の
薄汚れた層が
塵芥や罪や災いの降り積もる地球で
さらにその逆円錐形の最深部に

地獄があるんだっけ
そんな他愛ないことをふと思ったりして
それだってとっくの昔に崩落し
いまなお積み重なっている瓦礫のむこうから
友人*が電話で
夥しい遺体だけが
岩礁や波打ち際に
放置されていると
声を震わせて明確に伝えてきた
魂の行く場所もなく
精神の崩壊したような夕暮れの
家々の屋根の向こうで
塔は確実に塔の形になっていっても
未完成の頂きは

半ば崩れているようにも見えた

崩れているのは地球上どこも同じだ
映像の中では乾いた国に翻る黒い旗の下
首が切断され
樹がないので柩も作れず
瓦礫の中から
母が幼児を抱きかかえて現れる
やがて新しい獣の幻が長い前髪をなびかせて
崩れた二つの神殿の虚ろな場所から
現れるだろう
ぼく達を支配しているのはそのような映像だ
映像は茶の間に侵掠し
それが現実と言えば現実だが

眠りのほうがいっそう恐怖に満ち
冷たい汗にまみれて目覚めても
そこも悪夢の中であったり

そんな或る日とつぜん
車窓から見える夕暮れの塔の成長は
先端を天頂に突き刺したまま止まった
もう太古から聳えているような
確信に満ちていた
あれは電波塔であると言われるが
どんなメッセージを
崩れた世界に伝えるのだろう
マモン神の
目に見えない版図の中心に

聳える世界樹としてならば
ぼく達の精神世界を支えることになるのか
大地の揺れ動く仕組みを数式が証明し
死者達も数値化されるように
ぼく達は均一にならされ
その底が地球のすぐ裏側に突き抜ける
穴の深さを緻密に計算して
建設されたのだろうか
はたしていかなる神話の根が
土壌深く張り巡らされているのか
路上では
糸を吐くように
偏狭な論理が組み立てられ
悪夢のように雲の垂れ込める塔が

饒舌のふと途切れる深い沈黙の底で
ひとつの喜劇的絵画のように
夜明けの光に輝いて
静かに転倒し
奈落に沈んでいくのを
死にゆくものの冷静さで
どこかで誰かが言っていなかったか
そんな冷静さで
ひたすら見ていることが肝要だぜ
そう呟く者がいる

＊　齋藤貢。当時、福島県立小高商業高校校長をしていた。

暗闇から声が聞こえる

しら梅の枯木にもどる月夜かな　蕪村

月の光が射すと　梅の花は光に溶け
岩のような木肌が現れる
月が翳ると　薄暗闇の中から白い花が姿をあらわす
白い恐怖に耐えるためには
さらに大きな恐怖にさらされることだろうか
暗闇から声が聞こえる
一人の死者の悲しみが

墓碑のさらに夥しい戦死者の名前に
溶け込むように

石段に流れる一市民の
１５００㎖の赤黒い血だまりは
複写機に増殖しつづける言葉で
薄めていってよいだろうか

地平にまで広がる
赤い雛罌粟の野に
一滴ずつ子供の血を滲み込ませていく
母達の怒りを思え

大地に身を伏せて

非情な月が翳るのを待つだけだ
叫喚の口をあけ
すべての時間を包み込んで
白い花が一輪一輪咲き始めるのを

山鳥

猟銃を背に
男は雑木林の山道を
疲れた足どりで下りてくる
骨張った肩に
荒縄で括られた山鳥が二羽
男の歩調に合わせて跳ねている
遠くから見ると生きているようだが
くったりと首は垂れている
あれは朝に裏山で鳴いていた鳥かもしれない
ぼく達は夕日が斜めに差し込む土間で

輪になって羽根を引きむしる
どんな手順だったか忘れたが
竈の鉄釜が沸騰していたから
初めにさっと湯に浸けたのだろうか
むしり終わると
黙りこくって
手についた羽毛を丸めながら
燃やした藁の炎で
細かな毛をきれいに焼き落とし
笊に並べると
奇妙な赤子の姿になった
それからは女の仕事だ
脚や手羽の付け根に包丁を入れて
胸骨を引きはがした

喉元から頭を切り離すとき
空気が漏れるような微かな音がした
あるいは包丁が
まな板をこする音だったかも知れないが
ぼくは神社の祭で買った鳥笛を思い出した
やわらかな夕日に照らされた首を拾って
喉に藁を通して息を吹き込んだ
なぜか暗い森の奥で
朝まで生きていた鳥がさびしく鳴き
その背後でたくさんの過ぎ去ったもの達が
一斉に叫喚を上げたようでもあったが
ぼくの唇の端から洩れた息だった
山の中で彼らを食べて生きてきた
ぼく達の声でもあった

スナップショット

精神を集中してあらゆる事象を見なければならない　世界の縁石から　照準器を覗くように　石の壁の狭い通路を　硝煙と煤に汚れた群衆が勢いよく押し寄せてくるのを　先頭の屈強な男は　それぞれの腕に繭に包まれたような幼児を抱いて　一人は煙の漂う世界の果てを　もう一人はこちらを真っ直ぐに見ている　この子は生きるに値しなかったか　おそらくそう叫んでいる　幾世紀も風に吹きさらされた暗い窓が開かれている　無言の空のした　群衆は　見えない歴史を越え　聞こえ

ない叫びをあげながら　望遠レンズのこちら側でじっと見つめる充血した眼球の中に突入する　まさにその時だ　まさにその時　男の腕に抱かれた繭が金色に輝いて　まばゆい光の中で大きな目がひらく　破壊された煉瓦の隙間に息を殺している狙撃兵のように　続けざまにシャッターを押す流れ去るもの　押し寄せるものたちは　鋭く切り取られ　昆虫標本のように白い壁にピンで留められる　幼児の遺体は　ある不定の朝　漂う硝煙の中で銃を構える未来の影を包み込んで　ふたたび殺戮されるだろう　蠟のような輝きは深く物のなかに沈んでいく　照明を押さえた穏やかな部屋私たちは　息を殺して見つめている　怒りと悲しみを引きはがしたところに現れる一枚の絵画の悦

びに戸惑いながら　見ることの残酷さと覚悟をか
かえこんで

＊　世界報道写真展。

中世の洗濯場にて

塔が無益に立つ町の
ゆるやかな坂道を下りていくと
石組みのアーチが
崖際にならんでいる
その奥には
いくつもの水槽が
光を静かに反射している
むかしの洗濯場だそうよ
彼らの洗濯好きは話に聞いてはいたが
水槽際の石がへこむほど

どれほどの衣類が叩かれたことか
ながながと続く女たちのおしゃべりと
濯ぎの水音に耳を澄ませていたであろう
奥の薄暗い壁には
不思議なモザイク
緑色の草地に
静かに横たわる老いた男
黄土色の洞窟の壁を背にして
両手で耳を塞いでいる
大きく開いた青い目で
遠くを見つめながら
しーっと口をすぼめているようだ
何かを囁いているようにも見える
観光案内書には

何も書かれていないけど
フードを被っているようだから
町の守護聖人かもね
丘のむこうから
死神のように
黒い軍勢が押し寄せてきたとき
何もするな　息をひそめ
ひたすら身を伏せ
霧の深い沈黙で
敵を包囲せよ
と説いて
町を救った聖人がいたそうよ
爾来
洗濯場は

ひっそりと静まりかえっている
今でも災いの馬は
白く目を剝いて
天空を駆けめぐっている
姿は見えないがどこからか
敷布を叩く音がかすかに聞こえている
亭主の悪口を言って
くすくす笑う声が聞こえる
石畳の狭い通路の上に
魂かと見まがうばかりに
ひらひらとはためくシャツやシーツ
それがアッティラの恐怖の軍勢を
やりすごす日常の静けさだ
ぼく達も蜘蛛のように

身を臥せるようにして
あらゆる愚劣さが罵りあい
猛烈な勢いで回転する洗濯機の中の
ぼく達の時代の
霧のような日常に静かに帰っていこうよ
遠くの光を見つめながら

白い墓

そのとき
西条八十氏の亡霊は
幼子の口に生え始めた
〈小さく　白き　二枚の歯〉を
〈かのシングが涙ぐみつつ〉通り過ぎた
〈寂しき愛蘭土の浜辺の墓＊〉に喩えた
正確に言えば
それは単なるレトリックとは言えない
間近に迫った子の
死の幻視の写実的記録

そのとき
ジョン・M・シング氏の亡霊は
北大西洋の烈風の吹き狂う
岩だらけの島の
粗末な二階の部屋で
泥炭の燃える暖炉に身を寄せて
階下の居酒屋から聞こえる
飲んだくれの村人たちのゲール語の
柔らかな喉頭音の響きに
〈なかば人間の言葉を忘れて〉
耳を傾けていた

風は吹きすさび

岩を嚙む波の音は
世界の東の果ての
詩人の書斎の頑丈な扉を破る
石板瓦の屋根を打つ雨の
ふと止む静けさの奥から
布張りの小舟で沖に漕ぎ出した
子の声が一瞬聞こえ
遠く岬の荒々しい岩礁に
逞しい腕の死体が打ち上げられる

母たちは
子を生み続け
凶暴な宇宙の胃袋と
均衡をとる

いつの世も
悲しみの極みが
悲劇のように
静かな喜びだとは
だれも信じない
明日は野辺の送り
珍しく晴れた空に
突然雷鳴が鳴り響き
まばゆい光のなかに
葬列

途切れ途切れの黒い列が
岩場をうねうねと行くさきに
ほら御覧なさいな

歯がこんなにしっかり伸びましたよ
白く輝いて
重い扉を開く
明るい声がはずんでいる

二歳の幼子はシングの運命をしらない
シングも
幼子の運命を知らない
小さな柔らかな唇の裏には
冬の海を渡って
わめき叫ぶ烈風にさらされ
白い墓が
深い影を落としている

道行く人よ
行きて思いを馳せよ
生の奥深く
想像力の尽きる涯てに

＊　西条八十の詩「墓」。この詩の幼子は、二歳七ヵ月で夭折した。

アルレッキーノ

——大山弘明氏の鉛筆細密画「大道芸人」へ

唐黍の穂の髪を
燃え上がらせ
目を細めて
何を見つめているのか
高い竹馬に乗った
アルレッキーノ
どっと高まる民衆の嘲笑
半ばひらいた
夥しい分厚い唇も忘れて

丸い付け鼻の先
石壁に嵌め殺しの
汚れたガラス窓に映る薄い輝きのむこうから
沈む太陽の棘の冠を頭に食い込ませ
太い柱を背負って
岩の丘を登る
世界の幻という痩せた贖罪山羊が
ふと何げなく振り向いて
きみを見つめる
その時
きみの宙づりの視線が
痩せた山羊の頼りない視線とひとつになって
きみは一瞬発火するか
そんな大それたことは

だれも知らない
猥雑などよめきに煽られ
竹馬の上で
危うく均衡を崩しながら
鉛筆書きの細密画のアルレッキーノ
きみが知っていることは
深く裂けた夜に
贖罪山羊が姿を消したからには
よろめきながら
もはや何者でもないきみが
唐黍の頭の案山子のように
黙って
民衆の嘲笑を
浴びつづけねばならぬこと

無花果

古代の世界では
〈夥しく乳房をもつ木〉
そう呼ばれている
奇しくもＤ・Ｈ・ロレンスはうたう
〈おのれの中に包み込まれ　内へとめくれ
すべて内部へ花開き〉
静かに花開くのは
赤黒く裂けた開口部の奥処
吸いこまれそうなその根源の深さに
おののきながら少年は知る

暗闇で万物は賑やかに解体し
やがて喜びと悲惨の中へ生まれ出ることを
いまにも張り裂けそうな柔らかい壺
ほの暗い葉の蔭で四つに割れ
赤紫色に反り返りながらも
おのれをいっそう深く閉ざす無花果を
サンダルを履いた少年は
黙りこくって食う
秋の光の中
饒舌な万物に
深い沈黙がある

編上げ靴

編上げ靴が泥の中に転がっている　潰れた踵を半ば泥に埋め　先端はめくれ上がり　暗い口を開けている　厚手の靴下の爪先の破れ目から　血の滲んだ頑丈な指が見える　ふとそんな気がする　所有者がどのような運命を辿ったかを問うても　靴は黙ったままだ　見渡すと　枯れた葦がそよぎ足音のような音を立てている　靴だけが　つまらない日常のさらに下層から　めくれあがった靴先を空にむけてころがっている　埋め立てられる湿地の蟾蜍のように　目に見えない恐怖に戦きなが

ら　鼻先を泥の中から覗かせている　どう見ても
　半ば剝がれた先端は　奇妙に生々しく　暗い穴
の奥は　節くれ立った指に占有されているという
より　乳白色の有毒な粘液を耳腺から滲み出して
いるという感覚で　思わず接触を拒否したくな
る　黒褐色の岩になった背を泥に埋め　靴紐を通
す二つの穴は　厚ぼったい瞼の奥からかっと見開
く目のようであり　侵入するものを睨んでいる
夜には　それはそれで　有史以前からそこにいて
鼓動する夥しい始原の心臓と同様に　いちめんに
盛り上がった疣のつづく深い森の沼沢地のものだ
が　空がうっすらと明るむと　暗闇のなかから浮
かび上がる編上げ靴の　めくれ上がった苦しげな
形状は　やがてまばゆい太陽に焼かれ　乾いた泥

につかりながら悲しみの目を大きく見開いてこち
らを睨んでいる俘囚の首のようにも見えるとき
埋め立てられ地層の一部になってしまった夥しい
記憶がにわかに騒ぎだし　ただ送電線が風に唸
り　鉄塔の列が　おのれの長く伸びた影のほうへ
傾きながら地平へ続くだけの風景の中で　捨て去
られた編上げ靴は　蟾蜍のように叫喚を上げずに
はいられない

蟾蜍

朱塗りの門をくぐると　高さ壱拾六メートル　青銅の毘沙門天立像が聳えている　夜には　青色の照明があてられ　遠く北の果てからも　暗闇に浮き上がって見えるようだ　甲冑姿もいかめしく右手に三叉戟　目を張り裂けんばかりに見開いて　青白い残虐さ　足もとには異国風の靴に踏みつけられて反りかえり　首を奇妙な角度にねじまげ　あらぬ方を睨んでいるものがいる　その視線のさきの青み泥の池に　幻影のように映っているのは　毘沙門天が北辺鎮護と見すえている深い

森　その縁にうねうねと張りめぐらされてあるのはアラエゾの黒ずんだ骨の柵だから　踏みつけられこめかみに血管を浮き上がらせて蹲っているものは　まぎれもなく邪鬼のごときアラエゾにちがいない　人びとは　その建立に幾ばくかの金銭を寄付し　台座の御影石に名前が刻まれることで知らず知らず　おのれの肉や土地の深い泥土のなかに棲息しているアラエゾを踏んづけているのだ

それゆえにか　凍りついた泥から這いでる蟾蜍のような　はや硬直しかかっている虜囚の夢を見ることもなく　見ることもない夢の背後で　虜囚は後ろ手に荒縄で縛られ　ぼろ屑のように泥濘に放

置されている　鶏鳴が眠りを引き裂くとき　傲然
ともたげたまつろわぬ首は　押し切られることに
なっている　なっているというだけのなにもない
空漠とした土地　ただ幾ばくかの寄付をしたこと
で　おそらくは同じ血をもつ人びとの刑を執行す
ることになるだろう　首はもはや囲われたエゾ地
の方角に飛んで帰ることもなく　どこもかしこも
闇に囲われ　方位の失われた果てしない寺域の墓
地のいちばん奥の　空っ風の吹きすさぶ湿地に埋
められる

ほぼ壱千弐百年かける参百六拾五日　昼も夜も
見ることのない夢の　顧みられない反復に　土饅
頭はくずれ　無住の土地はどこまでも荒涼と　静

かに静かに熟していく測り知れない単一なひろが
りに

息を殺してひそんでいるものの気配　突然　地が
裂ける　埋められたアラエゾの目をした夥しい蟾
蜍が　発狂するほどの深い闇の底から　いっせい
に鳴き出す　おのれの湿地に産卵する

悪寒がして人びとは眠りから目覚める　まだ明け
やらぬあたりを支配しているのは叫び声だけ

やがて夜が明けると　細長い植物の茎の影ばかり
が絡み合っている花の寺の　ひと寄せの風物にな
る

蟷螂

真昼の枯野で
蟷螂は枯葉色に染まって
鋭い鎌を胸元にたたみ
野の一角をみつめている
まるで枯野全体が
蟷螂になってしまったよう

白い薄の穂のゆれる辺り
道がふいに曲がって暗くなっている

深淵を思わせる目をむいて
枯葉色の鋭角な指を突き出し
探るように近づいてくる影
見るからに全身これ剝きだしの触覚
風が薄をかすかに揺らしてもピリッと反応する

常陸の国は笠間の在の深い暗闇から
亡霊のように這い出てきた座頭の市
胸元に鋭い鎌ならぬ
仕込み杖を抱えて

殺戮って
わけはいつも後からついてくるもんですね
生が深あく抜け落ちてるってことでござんすよ

点鬼簿の余白のようなもので

野分立つすすき野に得物を握りしめ
細くて長い足をちっくり曲げてる
バッタのように
息を殺している輩は
重大なことが起こるなんて皆目知らない

何もない秋の野に刃の風が冷たく過ぎて
ふたたび何もない野がつづく
茶店で渋い茶を飲んでいるあなたも
首が無いのに気づかないだけでござんすよ
蟷螂はおのれの野を行くおのれの行く末など
真昼の空のように無関心だ

切って捨てた人頭のバッタを食みながら
枯葉色に染まった一対の鎌を
まるで祈りの形に曲げて
祈りに偽りもまこともないとでも
言っているようでござんすね

足踏み糸鋸

生のなかに死が
死のなかに生があるなどと
多くのひとが半ば否定しながら
うすうす感じている
壁にあいた穴に手を差し込むと
なにやら説明のつかない手のようなものに
すっと触れられたり
夕陽の差し込む放課後の校舎の
長い廊下の突き当たりに
それまで見たこともない足踏み糸鋸が

ぽつんと置かれてあったり
訝しがりながら足踏み板を踏んでみると
細い糸鋸だけが素早く上下に動いて
眩い光をまき散らしている
さらに踏み続けると
誰かが背後から動かしている気配がして
もう止めることもできず
ぶんぶん唸るような音を立てて
見えない何かを
見えない曲線にそって切っている
踏み込む足先のリズムと
糸鋸の軽快な動きが同調して
ますます金色に輝く木屑を巻き上げて
さながら目覚めぬ魂が浮遊している感覚

その時校内巡視の教諭が通りかかっても
ただ夕陽が眩く金粉をまき散らしているとしか
見えないだろう
あるいは糸鋸だけが
青白い光を放って素早く動いているので
静止しているようにしか見えないのか
スリッパの足音が遠くに消えると
不意に廊下は薄暗くなる
黒ずんだ糸鋸の機械だけが
不機嫌そうにそこにある
額縁のような窓の外には
大きな欅の
夕映えを背にして黒々とした輪郭
あれはさきほど切り抜いたものなのか

切り抜かれた底知れない深い穴なのか
ぼんやり考えながら
佇んでいる

夕闇

殺されたひとの記憶も
殺したひとの記憶もすべて
大いなる魂の一部になって
静かなさざなみを立てている

魂の暗い夜の旅について
囁く声が聞こえている
果てしない伝令管からのように

どうしても夢に見てしまうのだ

沈没した船から浮き上がる
真っ黒な重油のように
不定形の魂が
押し合いへし合いしていたのが
ふいに恐ろしい叫喚をあげて
燃えあがり
こころの暗闇を照らすのを

たとえ霊感の訪れであっても
厳しい結界を破って
抑えようもなく
もの狂うことだってあるのだ

血の叫び

暗い大地の叫びにゆさぶられて
名前を刻んだ黒い御影石に
夥しい目が
一斉に開くことだってあるのだ
殺されたひとも殺したひとも
殺させたひとの目も

だから目覚めさせないでくれと
冷たい寝汗のむこうから
囁く声が聞こえる
彼らは押し合いへし合いしながら
うまく折り合いをつけるよ

石に刻まれた名前が摩滅しても

最後の大火のなかで燃えつきたとしても
世界は静まりかえって
夕闇だけが残る

君が姿を現すのは

いつも君は見えないが
斜めに射し込む静かな光の中で
レースを編みながら
大きな目でこちらを見つめる
質素な居間の女性のようだ

静かな午後
田舎の駅に佇んでいるとき
不意に日常の膜が剝ぎ取られ
ふっと暗転する

思いがけない高みから
甲高い急降下の音と
圧し潰されるような風圧とともに
機銃掃射の弾が
天井を突き破る
前の座席で少年の僕に
笑いかけていた老軍人の
下腹から艶やかな腸が飛び出す
その時君はありありと現れる
音を失った世界を
ゆっくり旋回する後部座席で
飛行眼鏡の奥から
不思議なコンパスで
ぼく達の命の寸法を

大きな目で冷静に測っている

誰が説明しても
説明しきれるものではない
君が姿を現すのは
そんな静寂のとき
穏やかな陽射しの中で
織物を裁断する君が
ふと目を上げて
放心したような眼差しで
ゆっくりと見つめれば
ぼく達は野に立つ御影石より
冷たくなる
目に痛みもないのに

君は静かに目をつむる
そしてぼく達は消える

静けさの
どこかで糸をつむぐ音が聞こえる

モイライの眼差し

天候はいつも荒れ狂っていた
黒い雲が煙突を隠したかと思うと
激しい雨が歪んだ地面を叩き
突風が絶えず吹きつけて
止むことがなかった
ぼく達は
道路を覆う雨水が
しぶきをあげて跳ね上がるなかを
平蜘蛛のように這いつくばっていた
鼻先の泥水は

縮緬皺となって
風が吹きつけるたびに
伸びたり縮んだり
水に映ったぼく達の顔も
ゆがんだり崩れたり
おそらく風と雨は
おさまることはないだろう
水位は少しずつ上がっていくだろう
手首から肘へ
肘から肩へ
飛沫をあげて走っていく水面の皺のなかに
這いつくばっているぼく達の腹の下あたり
そうだ
地の底に張った網状の巣

六対の長い脚を伸ばして
女郎蜘蛛が見える
雨が水面をいっそうはげしく打つ
伸び縮みするゆがんだ蜘蛛の巣に
鋭角に曲がった鋭い腕と反りかえった指
逞しい脚
ハサミの刃のような爪先
まるで垂れた乳房をもつ三体の女体が
ひとつに絡み合って
水の画面に現れ出ているかのようだ
顔と左側の細い肩は
白い画用紙の隅に隠れていて
なにびとも見たことがない未来
いつか新緑の田園のカフェで

ひとりの画家が見せてくれた
モイライの絵だ
古い画材店で偶然見つけたという
古典的な額に納められた
硬質な鉛筆の細密画*
なにも描かれていない片隅から
吹き込んでくる風が
蜘蛛の糸を弓なりに引き寄せて
私たちを宙づりにする
女郎蜘蛛の繊細な前肢が
寸法を測る
とつぜん雲がちぎれて
太陽が現れ
金色の光が斜めに射す

輝きながら水面の皺は激しく収縮し
私たちは
細い前肢が巧みに操る糸に包み込まれ
光る筒状のものになり
やがて鋏のような後肢で切り離され
風にくるくる舞いながら
虚空に消えていくだろう
激しく風が吹きつける
水位はますます上昇して
だれも粘液質な眼差しに
捕らえられていることに
気づいたためしはなく
這いつくばっている私たちの深淵には
蜘蛛の糸の巣が揺れている

まるで宇宙の中心のような
八個の眼をもつ女郎蜘蛛が
いずれにも偏ることなく
均衡を取って微動すらしない
ひたすら身を伏せていることだ
しばらくの辛抱だ

＊　大山弘明氏の鉛筆細密画「女神・モイライ」。

石段

戦争が終わって　石段には　多くの子供が痩せこけて力なく座っていた　目だけが異様に大きく開いて　悲しげにぼくに向けられている　ぼくは父の手に強く引かれて傍を通る　あとで思い返すと　その時　ぼく達と石段の間には目に見えない深い断崖があったのだ　石段はすぐ目の前にありありと見えるのだが　遥か地の底に並んでいる
ぼくは　明らかにその子たちの一人なのだが　唯一異なるのは　父の手が強くぼくを引き上げていることだ　断崖の底から　骨と皮ばかりの手が伸

びてきて　揺れている　傍らにいた誰かが　あるいはあれはぼくだったのかも知れない　その手のひとつに冷えて固いおにぎりを　のせてやる　手はそれを握ることもなく　ただ小さな掌にのせたまま　力なく震えている　あの子は何日も食べていないのだから　急に食べたら死んでしまうよと言う声　その瞬間　石段を転げ落ちたのは　冷たいおにぎりだったのだろうか　ぼくだったのだろうか　いくら書き留めてもぼくはあの子になれない

石段の最下段を手探りで巡って下っていくと
喰らいかけた頭の髪の毛で口もとを拭って語る
ウゴリーノ伯の亡霊の声が聞こえる　餓鬼の塔

の下の扉を釘付けする音が聞こえる　塔の鍵はアルノー川に捨てられてしまった　悲嘆のあまりわれとわが腕に喰らいついた父を見て「父さん父さんがぼく達を食べてくれたら…父さんが着せてくれたこのみじめな肉だもの」と訴える子の声がかすかに聞こえる　声が静まってみんな餓死した　子供らが死んでから二日の間は子の名前を呼び続けた　子供たちは　年端もゆかず無邪気だった*

静かな秋の日　ぼくは子供を連れて　美術館のギャラリーを歩いている　暗い照明の壁にはモノクロ写真がならんでいる　崩れ落ちた瓦礫のそばに佇む少女　砲弾の鋭い破片を両手に抱えた少年の笑い　ぼ

かし加工された背景の奥から見開かれた目だけが大きく浮かび上がる　どんな状況なのか分からないが　目ははるか無限遠のかすかな光に向けられている　それが瞳に映っている　「もう目は見えんようになった」　どこかのステージで聞いた声が　燃える樹木の音のように聞こえるような気がして　思わず傍らの子の手を握り締める　夥しい画面の背後から　ぼく達の日常へ連なる地平には　黒い雲が傘のようにかかっている　何げない日々に思えても　鍵の掛かっていない明るい部屋は　子羊の肉を喰いながら肥えていく人びとの頭に　重なり合って喰らいつく晩餐の風景だ

＊　平川祐弘訳『神曲』「地獄篇」第三十三歌を一部変えて用いた。

断崖——禄剛崎にて

ここに地が落ちる
時間は断崖になって抉り取られる
眼下に弧をえがく黒い海は
記録の欠けおちた
深淵のようだ
烈風にさらされて眺めていると
かつてあって
どこにもない土地の痕跡を求めて
さまよう魂のような気分になる
暗い雪雲の垂れる水平線の彼方

波間に見え隠れする交易船や
水平線に没するなだらかな丘や
商人の切れ長の目に映る微笑や
貂の艶やかな漆黒の毛皮の
太古の夜も
震えるような感覚の版図も
突如記録の深淵に沈んだ
爾来　いつもいまここだけの
断崖の突端には
一片の消息も漂着せず
白い灯台の光が
暗闇にむなしい合図を送っている
一切の可能性の途切れた言葉のような
剝き出しの断崖に寒々と立ち

あったという不確かな記憶を呼び起こそうと
見えるものの中の
見えないものに向かって
微かな希望のように
ひとすじ放たれ
暗い海に一瞬輝く光が捕らえるのは
風に煽られながら
雪の空を旋回し
再び暗闇の彼方に消えていく
一羽のカモメだ

窓

窓のむこうに遠く海が光る
狭い教室で
ジョン・ダンの
〈もともと人生の蠟燭など
燃えかすの芯にすぎぬもの〉と
静かに朗読する先生*の講義は
機械工学から
英文学に転じたという噂どおり
精緻を極めていた
小さな窓は海からの風と

五月の光に溢れていて
眼鏡の奥に広がる
暗黒の荒野や
そこに冴えわたる月の光の中を歩む
人たちの影に気づくはずもなく
ぼくたちはその逆説的な修辞を面白がっていた

燃えかすの黒い芯に重ねて
イェイツの
〈夜明けと蠟燭の燃えさし〉という畳句《リフレイン》を
呟きながら眠る夜の
浅い夢の中で
孤独な魂のように
微かなランタンの灯を頼りに

暗黒を降りてゆく影が見える

誤差一千万分の一粍の精度で
曲線の数値を計算して
魂を運ぶ翼を
設計していたかもしれないひとの
かすかな後姿を
暗闇の彼方に見つめている

煤けた燭台に垂れる蠟
運ばれた魂たちがばらばらと
永遠の暗闇の中に墜落して
だれもその在処を
忘却してしまっても

彼らはわたしたちに生の意味を問い続けている

＊　星野徹先生の思い出に。

天秤座

庭に静かに音楽を流しているのは
世の悲惨を
遮断するためでしょうか

白昼見えなくも
確かに輝いている天秤座の
片方の皿に暴虐の世の中を
もう片方に音楽を置いて
どんな傾きを
測定しているのでしょうか

土筆のように煌く音楽の天球と
真っ逆さまのこの世の深淵と
どんな均衡があるのでしょう

すっくと立っていても
天秤の皿は
暗い深淵へ
どんどん傾いていくようですね

沈黙は
世界の悲惨に
対峙できるでしょうか

せめて
音楽の余韻だけでも
高く傾いた皿に置いて
耐えましょうか
それとも
グラスを砕くような
発話の一瞬を

そのとき明るい庭の奥から声がした
なんのことはありません
かすかな希望をこめて投じられた
瓶の中の手紙のように
一万尋の深淵を越えて
いつかたどりつくかもしれない蝶たちに

聞かせてやっているのですよ

＊清水茂先生の思い出に。

あとがき

久しぶりの詩集の表紙に、大山弘明さんの鉛筆細密画「女神・モイライ」を使わせて頂くことにした。クロト、ラケシス、アトロポスという運命の女神が一体になってうごめいている美しくも不気味な絵である。クロトは、人間の誕生時に一生の糸を織り、ラケシスは、その長さを測り、アトロポスは、大鋏でそれを切断するという。モイライの絵をじっと見つめていると、強靭でしなやかな女体そのものが、冷酷な宇宙の不条理な力の顕れであるように見えてくる。

大山さんは、長年、幻想絵画、シュールレアリスム絵画の拠点として名高い東京、銀座の青木画廊の企画展に作品を発表し、また、個展を通して、彼独自の幻想的な絵画の地平を押し広げてきた。テンペラ技法によるその世界は底知れぬ深さを持ち、その青色は、昼が夜に、夜が昼に滲み込んでくるような神秘的な神話的世界へと見る者を誘い、私たちの感性に強く訴える。

詩人の星野徹さんは、個展に来る度に、気に入った絵の前に長時間佇み、帰ったかなと思うといつの間にかまた現れてじっと見ていてくれたと大山さんが懐かしむほど、彼の絵に深く惹かれ、それをモチーフに優れた形而上詩を書いた。

そんな影響もあってか、いやそればかりではなく、うまく言えないが、彼の絵の深層にある根源的で神秘的な力に取り憑かれてと言えば良いだろうか、私も、彼の絵のファンの一人になった。

詩集の巻頭に置いた詩「ミノタウロス」も、大山さんの「迷宮」という絵に触発されたものである。星野さんが逝去され、水戸の画廊で「追悼　星野徹の地平『詩と造形展』」を開催した時、大山さんと組んでその絵に付けた詩である。ミノタウロスは、ギリシャ神話に出てくる体は人間、頭は雄牛の獣人で、クレタの迷宮に幽閉され、アテナイから差し出される少年少女の生け贄を食べていたが、英雄テセウスに退治されたという。大山さんの絵では、ミノタウロスは、そのような恐ろしい怪物ではなく、冥府を思わせる青い深淵から、象牙のように滑らかで透明感のある裸の半身を起こす角の生えた美少年として、滅びを予感させる悲しみの表情を湛えて描かれている。地平には、青灰色の煙がもくもくと立ち上り、その美しい胸部を覆い隠している。少年の透き通った眼差しは、特定の対象に焦点が当てられているというより、遠近をも超越した無限遠に向けられているように見える。

私は、その眼差しに強く惹かれ、繰り返し見ているうちに、当時、「白亜紀」の同人だった及川馥さんが翻訳したガストン・バシュラールの『夢想の詩学』〈ちくま学芸文庫〉の〈夢想しながら凝視すること〉、〈夢想は「全体」のすべてをいおうと思っているのだ〉という一節をふと思い出して、夢想と凝視の部分を引用させてもらったが、当時の詩稿では、その言葉が、詩全体においてどのような意味を持って結びつくのか不明確に思われた。数年後、北岡淳子さんのコーディネイトで、清水茂さんを囲んで「詩を語る小さなサロン」

が定期的に開かれることになり、私も出席させてもらって、イヴ・ボヌフォワやその他のフランスの詩人の講話を拝聴し、豊かな午後のひと時を過ごしたが、思いがけなくもそこでしばしばバシュラールのその言葉が語られた。そこでは、〈「見る」ことと「夢想する」ことが同時になされなければ、本当に眼の前のことを見たことにならない〉と訳されていて、それは、外の現実空間が自らの内部に滑り込み、重ね合わせに経験するような認識の仕方であり、詩の状態とは、そのような〈全一性〉と深く関わっているのだと解説された。一方、見るという行為は、対象を客体化し、対象化する認識の仕方で、そのことによって抽象的な概念の網の目を作り出し、私たちはその中に組み込まれ、その有用性を追求しながら、自らの欲望を投影させつつ究極的には核に至るまでの現代の科学文明を形成してきたが、その認識の役割はどうも〈詩〉に馴染まないと話された。それゆえ詩においては、何としても前者の認識によって、全一性という原初の記憶を喚起させることが肝要だと語られたと思う。そのような講話を心の中でくり返し思い出しているうちに、詩画展のために書いた神話のミノタウロスが、現代文明にかかわる一つのアレゴリーへと変貌していくように思えた。それ以上に、この作品は親しい人々の記憶が溶け合ってゆっくりと形をなしてきた思い出深い作品となった。

大山さんと私はともに昭和十三年生まれの同世代である。彼は横須賀に生まれたという。私は東京に生まれて、小学校入学の前後、家族と二年間ほど名古屋や福井を転々とした後、茨城に住むようになった。ともに戦争の厳しい幼児体験を記憶の深いところに持っている世代だ。現在の世界の悲惨な状況下での子ども達や人びとの映像を見ると、その現実は、記憶の中へと滑り込み、深層の幼児体験と重ね合わせになっていくようだ。おそらく大山さんの多くの幻想絵画も、根底にそうした現実を潜ませているに違いない。

私の詩集も、全体をあらためて読み直してみると、詩篇「ミノタウロス」の中に立ち昇る煙のような状況の側に立って、現実と記憶との重ね合わせの経験を投影させているのではなかろうか。

詩篇の多くは、同人誌「白亜紀」と月刊誌『詩と思想』に発表したものである。「白亜紀」の仲間達の、物静かではあるが、詩に注がれる厳しい眼差しに感謝したい。また、出版にさいして、土曜美術社出版販売の高木祐子様にご相談したところ、快く引き受けて下さり、懇切なご助言を頂いた。厚く感謝申し上げたい。

二〇二〇年六月

武子和幸

著者略歴

武子和幸（たけし・かずゆき）

一九三八年六月六日東京で生まれ、戦後、茨城で育つ。
所属　同人誌「白亜紀」

詩集　『ひとつ火燭して』（国文社）
『懸崖の風景』（無限刊）
『薇その他』（国文社）
『蛞蝓の夢』（国文社）
『ブリューゲルの取税人』（思潮社）
『アイソポスの蛙』（思潮社）
評論集　『イェイツの影の下で』（国文社）
翻訳　ウィリアム・エンプソン著『曖昧の七つの型』（思潮社）（星野徹と共訳）
ジェイムズ・リーヴズ著『詩がわかる本』（思潮社）

住所　〒三一一−〇〇六二　茨城県ひたちなか市高場二、一二五番地の一

詩集 モイライの眼差《まなざ》し

発行 二〇二〇年十月二十五日

著者 武子和幸
装丁 直井和夫
発行者 高木祐子
発行所 土曜美術社出版販売
〒162-0813 東京都新宿区東五軒町三—一〇
電話 〇三—五二二九—〇七三〇
FAX 〇三—五二二九—〇七三二
振替 〇〇一六〇—九—七五六九〇九

印刷・製本 モリモト印刷
ISBN978-4-8120-2595-6 C0092